어린이를 위한
논어
따라쓰기

HRS 학습센터 기획 · 엮음

루돌프

공자는 어떤 사람일까?

　공자(孔子)는 지금으로부터 아주 오래 전인 기원전 551년, 노나라의 작은 마을인 추읍이란 곳에서 태어난 인물이에요. 그때는 인도의 석가모니가 태어난 지 10년쯤 지났을 때였지요.

　어린 시절, 공자의 집은 매우 가난했어요. 아버지가 일찍 세상을 뜨면서부터는 더욱 힘든 시절을 보내야 했지요. 공자는 어머니를 모시느라 이런저런 어려운 일을 마다하지 않다보니 15세가 되어서야 비로소 공부를 시작할 수 있었어요. 하지만 공자는 배우는 데 있어서만큼은 누구에게도 뒤지지 않을 정도로 열정적이고 적극적이었답니다.

　공자는 "아침에 도를 깨달으면 저녁에 죽어도 좋다."라고 말할 정도로 배움에 대해 간절한 소망을 가지고 있었고, 자기처럼 배우고 묻기를 좋아하는 사람은 없을 것이라는 자부심도 가지고 있었지요. 공자가 공부한 내용은 역사나 경전, 문학, 예악, 셈하기, 글쓰기 같은 것들이었어요.

　공자는 특별한 스승이 없이 두루 배웠지만 얼마나 열심히 공부했는지 20대의 나이에 이미 공부로는 따라올 사람이 없을 정도였답니다. 그때부터 공자는 제자들을 모아 가르치기 시작했어요. 이렇게 제자들을 가르치는 일은 공자가 세상을 떠나기

전까지 계속되었답니다. 제자가 많을 때는 3천 명이나 되었다고 해요. 그래서 공자의 제자 중에서도 뛰어난 인물이 많이 나왔지요. 안연, 민자건, 염백우, 자공, 염유, 계로 등이 대표적이에요.

공자가 평생 동안 꿈꾸고 주장했던 세상은 예의와 덕행과 문장이 지배하는 사회였어요. 그래서 그러한 이상을 실현한 주나라를 따르고 싶어 했지요. 하지만 당시의 노나라는 권력을 가진 사람들이 마음대로 정치를 주무르고 있었어요. 공자는 그것을 못마땅하게 여겼지요.

공자는 수레를 타고 여러 나라를 떠돌며 정치가들에게 덕으로 다스리는 나라를 만들자고 설득했어요. 또 직접 벼슬을 맡아서 자기가 꿈꾸는 나라를 실현하려고 노력해 보기도 했지요. 그러나 어느 나라의 군주도 공자의 꿈을 받아 주지 않았어요. 실망한 공자는 결국 고향으로 돌아와 젊은이들을 가르치면서 살다가 73세의 나이로 세상을 떠났어요. 그러나 공자의 철학사상은 '유학'이라는 이름으로 시대를 넘어 지금까지도 많은 사람에게 큰 가르침을 주고 있답니다.

논어는 어떤 책일까?

그렇다면 공자의 책이라고 알려진 《논어》는 어떤 책일까요? 어떤 내용이 담겨 있길래 오래 전에 쓰인 책을 지금까지도 많은 사람이 읽는 것일까요?

《논어》에는 공자와 그의 제자들이 세상을 살아가는 이치나 교육, 문화, 정치 등에 관해 논의한 내용이 담겨 있어요. 제자가 질문한 것에 대해 공자가 답한 것도 있고, 당시의 정치가들과 나눈 이야기도 들어 있고, 제자들끼리의 이야기도 있고, 제자들과 공자가 나눈 이야기도 담겨 있지요. 그래서 책 이름이 《논어》랍니다. 논어는 '논의하여 정리한 이야기'라는 뜻이지요.

양나라의 황간이라는 사람은 《논어》라는 책 제목에 대해 "이 책은 공자의 문인에게서 나온 것이다. 먼저 자세히 따진 뒤에 사람들이 모두 좋다고 한 뒤에야 기록했으므로 '논(論)'이라 하였다. '어(語)'란 논란에 대해 대답하고 설명한다는 말이다."라고도 설명했답니다.

하지만 《논어》는 공자가 직접 쓴 책은 아니에요. 《논어》는 공자가 세상을 떠난 후, 여러 사람의 손을 거쳐 완성되었지요. 딱 한 사람이 일목요연하게 정리한 책이 아니다 보니 각 편마다 주제가 있기는 해도, 용어가 통일되지 않았고, 비슷한 문장이 여러 번 나오기도 해요.

《논어》는 모두 20편으로 되어 있고, 각 편의 첫 번째 두 글자를 따서 제목으로 붙였어요. 예를 들면 첫 번째 편의 제목인 '학이(學而)'는 논어의 첫 구절인 '학이시습지불역열호(學而時習之不亦說乎)'에서 따온 것이지요.

論語

한 마디로 정리하면 《논어》는 '공자의 생각을 정리해 놓은 책'이라고 할 수 있어요. 그래서 《논어》의 문장 하나하나에는 공자의 생각이 듬뿍 담겨 있지요. 《논어》는 문장이 간결하면서도 많은 교훈을 담고 있기 때문에 세상에 나온 지 2천 년이 넘었지만 여전히 전 인류가 읽고 있는 베스트셀러랍니다.

우리나라에 《논어》가 들어온 것은 삼국시대였어요. 신라에서는 '독서삼품과'라는 인재를 뽑는 시험에 《논어》 과목을 포함할 정도였지요. 특히 조선은 유교의 바탕 위에 세워진 나라였기 때문에 《논어》를 읽는 것은 매우 중요한 일이었어요. 조선시대의 서당에서는 어린 학동들이 《논어》의 구절을 읽는 소리가 담 너머로 낭랑하게 들려오곤 했답니다.

《논어》는 천천히 읽을수록 좋고, 여러 번 읽으면 읽을수록 그 뜻이 새롭게 다가오는 책이에요. 그렇다면 입으로 읽는 것뿐 아니라, 손으로 쓰면서 읽으면 공자님의 뜻을 더 잘 익히게 되겠지요? 여러분도 어린 학동의 마음이 되어 《논어》를 손으로 쓰면서, 입으로 천천히 읽어 보면 참 좋겠어요.

따라쓰기는 왜 중요할까?

　따라쓰기, 베껴쓰기는 '필사'라고도 해요. 필사의 역사는 매우 오래되었답니다. 오래 전에는 책을 만들려면 필사를 해야 했어요. 책 한 권을 두고 여러 사람이 베껴 써서 다른 한 권의 책을 만들었으니까요.

　하지만 최근에는 필사를 하는 이유가 책을 만들기 위해서는 아니에요. 그렇다면 왜 책을 베껴 쓰는 것일까요? 그것은 몇 가지 이유가 있답니다.

　첫 번째로, 책을 따라 쓰면 그 책의 내용을 자세히 그리고 정확히 알 수 있어요.

　요즘처럼 컴퓨터 키보드로 입력하거나 눈으로 후루룩 읽으면 그 당시에는 다 아는 것 같아도 금방 잊혀지고 말아요. 그러나 책의 내용을 눈으로 보면서 손으로는 따라 쓰고, 입으로는 소리 내어 읽으면 책의 내용을 훨씬 더 자세히 익힐 수 있어요. 작가가 어떤 이유로, 어떤 마음으로 책을 썼는지 파악할 수 있는 힘도 기를 수 있지요. 그러니까 책을 따라 쓴다는 것은 꼼꼼히 읽는 또 다른 방법이라고 할 수 있어요.

　두 번째로, 책을 따라 쓰면 손끝을 자극하기 때문에 뇌 발달에 도움이 되어요.

　손은 우리 뇌와 가장 밀접하게 연결되어 있어요. 손을 많이 움직이고, 정교하게 움직이면 뇌에 자극을 주기 때문에 뇌의 운동이 활발해지지요. 글을 쓰는 것은 손을 가장 잘 움직일 수 있는 방법 가운데 하나예요. 그렇기 때문에 따라쓰기를 통해 뇌의 근육을 키워 머리가 좋아질 수 있지요.

세 번째로, 책을 한 줄 한 줄 따라 쓰다 보면 정서를 풍부하게 해주어요.

한 자리에 앉아서 한 자, 한 자 정성 들여 옮겨 쓴다는 것은 절대 쉬운 일이 아니에요. 특히 여러 가지 전자기기 때문에 인내심이 사라진 요즘에는 좀이 쑤시는 일일 수도 있어요. 하지만 처음에는 조금 힘들어도 따라쓰기에 취미를 붙이면 어느새 마음도 차분해지고, 감성도 풍부해지고 글을 즐길 수 있는 마음의 여유도 생긴답니다.

바로 이런 이유 때문에 지금도 필사의 중요성은 계속되고 있지요. 여러분도 이 책을 통해 따라쓰기, 베껴쓰기의 중요성과 즐거움을 알게 되었으면 좋겠네요.

자, 이제부터 공자님의 말씀에 귀를 기울이며 따라쓰기를 시작해 보세요!

하루에 **한문장** 함께 써 봐요!

월   일

학이편

배우고 때로 익히면 또한 기쁘지 않은가?
벗이 먼 곳에서 찾아오면 또한 즐겁지 않은가?
남이 알아주지 않아도 성내지 않으면 또한 군자답지 않은가?

🖉 예문을 따라 한 자 한 자 예쁘게 써 보세요.

🖉 직접 써 보세요.

 이 글에서는 배우는 것의 즐거움과, 친구가 있다는 것의 기쁨과,
군자다운 마음가짐이 어떤 것인지에 대해 이야기하고 있어요.
여러분도 공자님의 말씀처럼 배우는 즐거움을 깨달아 보세요!

한자 원문 學而時習之 不亦說乎 有朋自遠方來 不亦樂乎 人不知而不慍 不亦君子乎
학 이 시 습 지 불 역 열 호 유 붕 자 원 방 래 불 역 락 호 인 부 지 이 불 온 불 역 군 자 호

02

하루에 한문장 함께 써 봐요!

월   일

나는 날마다 세 가지를 반성한다. 일하면서 진심을 다하지 못한
점은 없는가, 벗에게 믿음을 지키지 못한 일은 없는가,
배운 것을 제대로 익히지 못한 것은 없는가?

 예문을 따라 한 자 한 자 예쁘게 따라 써 보세요.

나	는		날	마	다		세		가	지	를		반	성
한	다		일	하	면	서		진	심	을		다	하	지
못	한		점	은		없	는	가	,	벗	에	게		믿	음
을		지	키	지		못	한		일	은		없	는	가
배	운		것	을		제	대	로		익	히	지		못	한
것	은		없	는	가	?								

 직접 써 보세요.

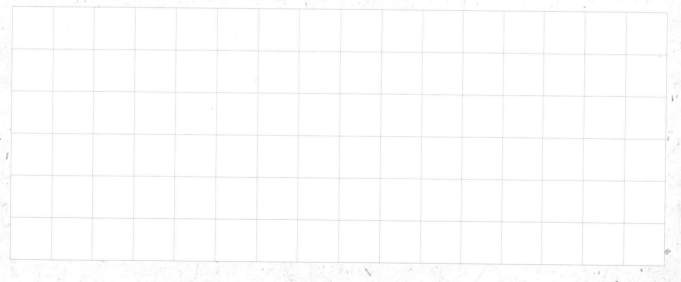

생각해 볼까요?
사람을 대할 때는 진심을 다하고, 친구와 한 약속은 꼭 지키고,
배운 대로 행동해야 한다는 말이에요.
이렇게 세 가지를 꼭 기억한다면 공자님처럼 되는 것도 멀지 않을 것 같네요.

한자 원문 吾日三省吾身 爲人謀而不忠乎 與朋友交而不信乎 傳不習乎
오 일 삼 성 오 신   위 인 모 이 불 충 호   여 붕 우 교 이 불 신 호   전 불 습 호

9

하루에 **한문장** 함께 써 봐요!

월   일

학이편

나라를 다스릴 때는 일을 신중히 하고 백성들의 믿음을 얻어야 하며
씀씀이를 절약하고 사람들을 사랑해야 하며,
백성들을 동원할 때는 때를 가려서 해야 한다.

✏️ 예문을 따라 한 자 한 자 예쁘게 써 보세요.

✏️ 직접 써 보세요.

생각해 볼까요?

나라를 다스릴 때 꼭 잊지 말아야 할 중요한 것을 설명하고 있어요.
한 가지를 추가한다면 여러분은 무엇을 넣고 싶은가요?

한자 원문   道千乘之國　敬事而信　節用而愛人　使民以時
　　　　　　도 천 승 지 국 　경 사 이 신 　절 용 이 애 인 　사 민 이 시

학이편

군자는 먹을 때 배부름을 찾지 않고 머무를 때 편안함을 구하지 않는다. 또 일할 때 민첩하고, 말할 때 신중하며 도의를 아는 사람에게 나아가 자신의 잘못을 바로 잡는다.

✏️ 예문을 따라 한 자 한 자 예쁘게 써 보세요.

군	자	는		먹	을		때		배	부	름	을		찾
지		않	고		머	무	를		때		편	안	함	을
구	하	지		않	는	다	.		또		일	할		때		민
첩	하	고	,		말	할		때		신	중	하	며		도	의
를		아	는		사	람	에	게		나	아	가		자	신
의		잘	못	을		바	로		잡	는	다	.

✏️ 직접 써 보세요.

군자는 유교에서 말하는 도덕적으로 완성된 인격을 가진 사람이에요.
군자가 되는 것은 정말 어렵지요?

한자 원문

君子食無求飽　居無求安　敏於事而愼於言　就有道而正焉　可謂好學也已
군자식무구포　거무구안　민어사이신어언　취유도이정언　가위호학야이

05

하루에 **한문장** 함께 써 봐요!

월   일

학이편

남이 자신을 알아주지 못할까 걱정하지 말고
내가 남을 제대로 알지 못할까를 걱정해야 한다.

✏️ 예문을 따라 한 자 한 자 예쁘게 써 보세요.

남	이		자	신	을		알	아	주	지		못	할	까
걱	정	하	지		말	고		내	가		남	을		제
대	로		알	지		못	할	까	를		걱	정	해	야
한	다													

✏️ 직접 써 보세요.

남을 탓하기보다 자신을 먼저 살펴야 한다는 뜻이에요.
여러분 중에는 혹시 자기를 알아 달라고 떼쓰는 어린이는 없지요?

한자 원문 不患人之不己知 患不知人也
불 환 인 지 불 기 지 환 부 지 인 야

위정편

배우기만 하고 생각하지 않으면 막연하여 얻는 것이 없고
생각만 하고 배우지 않으면 위태롭다.

✏️ 예문을 따라 한 자 한 자 예쁘게 써 보세요.

✏️ 직접 써 보세요.

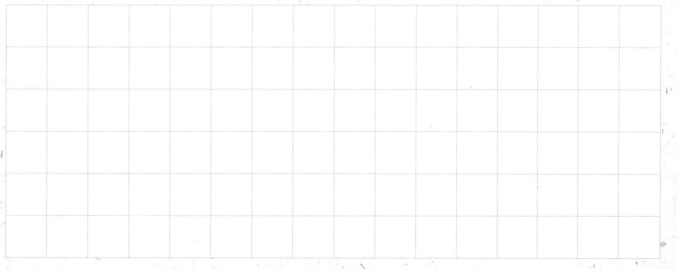

생각해 볼까요?

배우는 것이 중요하지만 그렇다고 아무 생각없이 배우기만 해서는 소용이 없다는 말이에요.
여러분은 오늘 무엇을 배웠나요?

🌸 한자 원문

學而不思則罔 思而不學則殆
학 이 불 사 즉 망   사 이 불 학 즉 태

07 하루에 한문장 함께 써 봐요!

월 일

위정편 정직한 사람을 뽑아 그릇된 사람 위에 두면 백성들이 따르고,
그릇된 사람을 뽑아 정직한 사람 위에 두면 백성들이 따르지 않는다.

✏️ 예문을 따라 한 자 한 자 예쁘게 써 보세요.

✏️ 직접 써 보세요.

 좋은 지도자란 어떤 사람이어야 할까요?
과연 공자님은 왜 이런 말을 했는지 곰곰이 생각해 보세요.

한자 원문 舉直錯諸枉　則民服　舉枉錯諸直　則民不服
거 직 착 제 왕　칙 민 복　거 왕 착 제 직　칙 민 불 복

14

위정편

사람에게 신의가 없으면 그 쓸모를 알 수가 없다.
만일 큰 수레에 소를 맬 데가 없고 작은 수레에 말을 걸 데가
없으면 그것을 어떻게 끌고 갈 수 있겠는가?

 예문을 따라 한 자 한 자 예쁘게 써 보세요.

 직접 써 보세요.

 사람에게 있어서 믿음이 얼마나 중요한가를 비유한 말이지요.
부모님과 친구에게 믿음을 주는 사람이 되도록 노력해 보세요.

한자 원문 人而無信 不知其可也 大車無輗 小車無軏 其何以行之哉
인 이 무 신 부 지 기 가 야 대 거 무 예 소 거 무 월 기 하 이 행 지 재

15

월 일

09

팔일편
사람이 되어 사람답지 못하면 예의를 지킨들 무엇하겠는가?
사람이 되어 사람답지 못하면 음악을 한들 무엇하겠는가?

✏️ 예문을 따라 한 자 한 자 예쁘게 써 보세요.

사	람	이		되	어		사	람	답	지		못	하	면
예	의	를		지	킨	들		무	엇	하	겠	는	가	?
사	람	이		되	어		사	람	답	지		못	하	면
음	악	을		한	들		무	엇	하	겠	는	가	?	

✏️ 직접 써 보세요.

  옛사람들에게 예법은 매우 중요한 문제였어요. 예법이란 예절보다는 넓은 의미예요.
사회질서를 유지하기 위해 만든 유교적 윤리규범을 지키는 것을 말하지요.

한자 원문 人而不仁 如禮何 人而不仁 如樂何
인 이 불 인 여 례 하 인 이 불 인 여 악 하

16

팔일편

임금은 예로써 신하를 부리고
신하는 충으로써 임금을 섬겨야 한다.

 예문을 따라 한 자 한 자 예쁘게 써 보세요.

 직접 써 보세요.

 임금이라고 해서 신하를 함부로 대해서는 안 되지요.
물론 신하도 임금을 충성스러운 마음으로 섬겨야 하고요.

 한자 원문 **君使臣以禮 臣事君以忠**
군 사 신 이 례   신 사 군 이 충

11

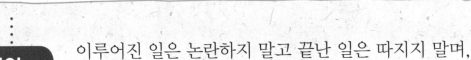

하루에 한문장 함께 써 봐요!

월   일

팔일편

이루어진 일은 논란하지 말고 끝난 일은 따지지 말며,
이미 지나간 일은 허물하지 않는다.

✏️ 예문을 따라 한 자 한 자 예쁘게 써 보세요.

✏️ 직접 써 보세요.

지나간 일을 따지거나 헐뜯는 것은 의미가 없어요.
그런 일이 생기지 않도록 미리미리 준비하는 것이 더 중요하지요.

한자 원문 成事不說 遂事不諫 旣往不咎
성 사 불 설   수 사 불 간   기 왕 불 구

18

12

하루에 한문장 함께 써 봐요!

팔일편

윗자리에 있으면서 너그럽지 않고 예를 실천하는 데
공경스럽지 않으며 상을 당해 슬퍼하지 않는다면
무엇으로 그 사람을 인정해 주겠는가?

 예문을 따라 한 자 한 자 예쁘게 써 보세요.

 직접 써 보세요.

 생각해 볼까요? 인간의 사람됨을 알 수 있는 세 가지 조건이에요. 윗사람은 너그러워야 하고, 예법을 지킬 때는
공손한 태도로 해야 하며, 슬픈 일을 당했을 때는 진정으로 슬퍼할 줄 알아야 한다는 뜻이지요.

한자 원문 居上不寬 爲禮不敬 臨喪不哀 吾何以觀之哉
거 상 불 관 위 례 불 경 임 상 불 애 오 하 이 관 지 재

하루에 한문장 함께 써 봐요!

이인편

부유함과 귀함은 사람들이 바라는 것이지만
정당한 방법으로 얻은 것이 아니라면 그것을 누려서는 안 된다.

예문을 따라 한 자 한 자 예쁘게 써 보세요.

직접 써 보세요.

아무리 원하는 것이 있어도 잘못된 방법으로 얻으면 안 된다는 뜻이지요.
공자님이 왜 이렇게 말했는지 여러분도 한 번 생각해 보세요.

한자 원문 富與貴 是人之所欲也 不以其道得之 不處也
부여귀 시인지소욕야 불이기도득지 불처야

이인편 아침에 도를 깨치면 저녁에 죽어도 좋다.

 예문을 따라 한 자 한 자 예쁘게 써 보세요.

 직접 써 보세요.

 '도'는 인간이 마땅히 지켜야 할 도리예요. 사람답게 살기 위해 꼭 필요한 방식이기도 하지요.
이 말은 도를 깨치고 싶은 공자님의 마음을 아주 간절하게 표현한 것이에요.

 朝聞道 夕死可矣
조 문 도   석 사 가 의

21

15 하루에 한문장 함께 써 봐요!

월   일

이인편 선비로서 도에 뜻을 두고도 나쁜 옷과 나쁜 음식을
부끄러워한다면 더불어 논의할 상대가 못 된다.

✏️ 예문을 따라 한 자 한 자 예쁘게 써 보세요.

✏️ 직접 써 보세요.

 여러분은 어떤가요?
맛있는 반찬과 예쁘고 멋진 옷만 입고 싶은 건 아닌가요?

한자 원문 士志於道 而恥惡衣惡食者 未足與議也
사 지 어 도   이 치 악 의 악 식 자   미 족 여 의 야

22

16

이인편

군자는 천하에서 반드시 그래야만 한다는 것도 없고
절대로 안 된다는 것도 없으며 오직 의로움만을 따를 뿐이다.

 예문을 따라 한 자 한 자 예쁘게 써 보세요.

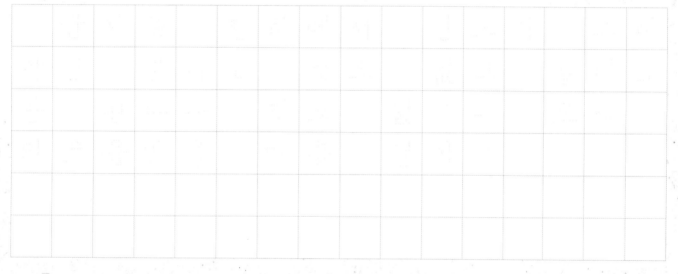

 직접 써 보세요.

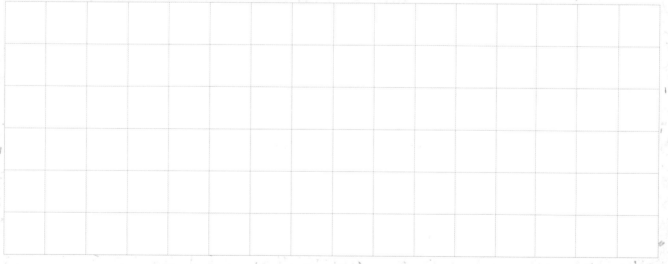

 무엇이든 억지로 하려는 것은 군자의 길이 아니라는 거예요.
의로움이 가장 중요하다는 뜻이지요.

 君子之於天下也　無適也　無莫也　義之與比
군 자 지 어 천 하 야　무 적 야　무 막 야　의 지 여 비

하루에 한문장 함께 써 봐요!

이인편

군자는 덕을 생각하지만 소인은 편히 머물 곳을 생각하고,
군자는 법을 생각하지만 소인은 혜택 받을 것을 생각한다.

✏️ 예문을 따라 한 자 한 자 예쁘게 써 보세요.

✏️ 직접 써 보세요.

 군자와 소인의 행동이 얼마나 다른지 알 수 있지요?
자신이 행하는 하나하나의 행동이 모여 군자가 되느냐, 소인이 되느냐가 결정된답니다.

한자 원문 君子懷德 小人懷土 君子懷刑 小人懷惠
         군 자 회 덕   소 인 회 토   군 자 회 형   소 인 회 혜

이인편 이익에 따라서 행동하면 원한을 사는 일이 많아진다.

 예문을 따라 한 자 한 자 예쁘게 써 보세요.

	이	익	에		따	라	서		행	동	하	면		원	한
을		사	는		일	이		많	아	진	다				

 직접 써 보세요.

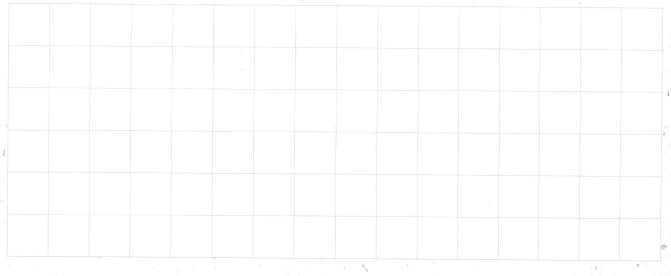

 자신의 이익만 따지는 사람은
친구를 사귀기도 어렵고 남에게 원한을 얻는 일도 많지요.

 放於利而行 多怨
방 어 리 이 행 다 원

19

하루에 한문장 함께 써 봐요!

이인편

예의와 겸양으로 일을 대한다면 나라를 다스리는 데 무슨 문제가 있겠는가? 예의와 겸양으로 나라를 다스릴 수 없다면 예는 있어서 무엇하겠는가?

✏️ 예문을 따라 한 자 한 자 예쁘게 써 보세요.

✏️ 직접 써 보세요.

생각해 볼까요?
겸양은 겸손한 태도로 남에게 양보하거나 사양하는 것을 말해요.
이렇게 나라를 다스린다면 정말 좋은 나라가 되겠지요?

한자 원문   能以禮讓爲國乎 何有 不能以禮讓爲國 如禮何
            능 이 예 양 위 국 호   하 유   불 능 이 예 양 위 국   여 례 하

이인편

지위가 없는 것을 걱정 말고 그 자리에 설 수 있는 능력을
갖추기를 걱정해야 하며, 자기를 알아주지 않는 것을 걱정 말고
남이 알아줄 만하여지도록 노력해야 한다.

 예문을 따라 한 자 한 자 예쁘게 써 보세요.

지	위	가		없	는	것	을		걱	정		말	고
그		자	리	에		설		수		있	는		능	력	을
갖	추	기	를		걱	정	해	야		하	며		자	기	를
알	아	주	지		않	는		것	을		걱	정		말	고
남	이		알	아	줄		만	하	여	지	도	록		노	력
해	야		한	다	.										

 직접 써 보세요.

참 좋은 말이에요. 노력이 먼저라는 얘기지요.
여러분도 탄탄한 실력을 갖추고 노력해 보세요!

한자 원문   不患無位 患所以立 不患莫己知 求爲可知也
불 환 무 위   환 소 이 립   불 환 막 기 지   구 위 가 지 야

21

하루에 **한문장** 함께 써 봐요!

월   일

이인편   군자는 의리에 밝고 소인은 이익에 밝다.

✎ 예문을 따라 한 자 한 자 예쁘게 써 보세요.

✎ 직접 써 보세요.

 여기서 밝다는 것은 따진다, 중요하게 여긴다는 뜻과 비슷해요.
군자는 의리를 중요하게 생각하지만 소인은 그저 자신의 이익에 급급하다는 뜻이지요.

한자 원문 君子喩於義 小人喩於利
군 자 유 어 의   소 인 유 어 리

28

이인편 어진 사람을 보면 그와 같아질 것을 생각하고
어질지 못한 사람을 보면 자신이 그렇지 않은가 반성해야 한다.

✏️ 예문을 따라 한 자 한 자 예쁘게 써 보세요.

✏️ 직접 써 보세요.

 어질다는 것은 마음이 너그럽고 착하며 슬기롭고 덕행이 높다는 뜻이에요.
여러분도 주변에서 어진 사람을 만나면 꼭 닮으려고 노력하세요.

🌸 한자 원문 見賢思齊焉 見不賢而内自省也
견 현 사 제 언   견 불 현 이 내 자 성 야

월   일

하루에 한문장 함께 써 봐요!

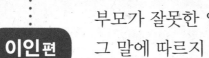

이인편

부모가 잘못한 일은 조심스럽게 말씀드려야 하며
그 말에 따르지 않더라도 더욱 공경하고 부모의 뜻을
어겨서는 안 되며 아무리 힘들어도 원망해서는 안 된다.

✏️ 예문을 따라 한 자 한 자 예쁘게 써 보세요.

✏️ 직접 써 보세요.

생각해 볼까요?

효도란 어떤 것인지 보여 주는 글이에요.
아무리 힘들어도 절대 부모님을 원망해서는 안 된다는 것, 꼭 기억하세요.

🌸 한자 원문
事父母幾諫 見志不從 又敬不違 勞而不怨
사 부 모 기 간   견 지 부 종   우 경 불 위   노 이 불 원

이인편

부모가 살아 계실 때는 먼 곳으로 가서는 안 되며
떠나갈 때는 반드시 갈 곳을 정해 두어야 한다.

 예문을 따라 한 자 한 자 예쁘게 써 보세요.

 직접 써 보세요.

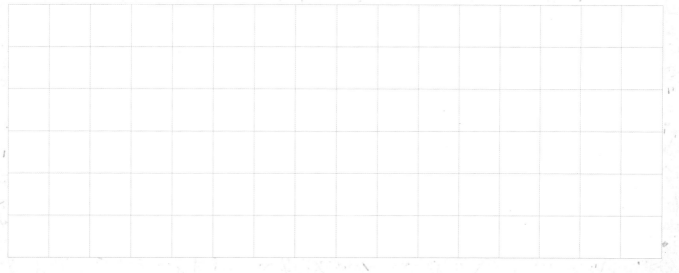

 요즘 세상에는 부모님과 떨어져 살게 되는 경우도 많지요. 그럴더라도 되도록 자주 부모님의
안부를 묻고, 또 어디를 가는지, 언제 돌아오는지를 알려야 한다는 말이지요.

 父母在 不遠遊 遊必有方
부 모 재   불 원 유   유 필 유 방

하루에 한문장 함께 써 봐요!

월   일

이인편

옛사람들은 말을 함부로 하지 않았는데
이는 행동이 따르지 못할 것을 부끄러워했기 때문이다.

✏️ 예문을 따라 한 자 한 자 예쁘게 써 보세요.

✏️ 직접 써 보세요.

하는 말과 행동은 같아야 해요. 말이 많으면 지키지 못할 말도 많이 하게 되잖아요.
그러지 않으려면 말을 줄여야 한답니다.

한자 원문 古者言之不出 恥躬之不逮也
고 자 언 지 불 출   치 궁 지 불 체 야

이인편

군자는 말에 대해서는 모자라는 듯해야 하며
행동에 대해서는 민첩해야 한다.

 예문을 따라 한 자 한 자 예쁘게 써 보세요.

군	자	는		말	에		대	해	서	는		모	자
라	는		듯	해	야		하	며		행	동	에	
는		민	첩	해	야		한	다					

 직접 써 보세요.

 군자라면 말은 부족한 듯이 하지만, 행동만큼은 빨라야 한다는 거예요.
그러니까 말만 화려하게 하고 행동하지 않으면 소용없다는 뜻이지요.

한자 원문   君子欲訥於言   而敏於行
군 자 욕 눌 어 언   이 민 어 행

27

하루에 **한문장** 함께 써 봐요!

이인편
덕이 있는 사람은 외롭지 않다.
반드시 이웃이 있기 때문이다.

✏️ 예문을 따라 한 자 한 자 예쁘게 써 보세요.

✏️ 직접 써 보세요.

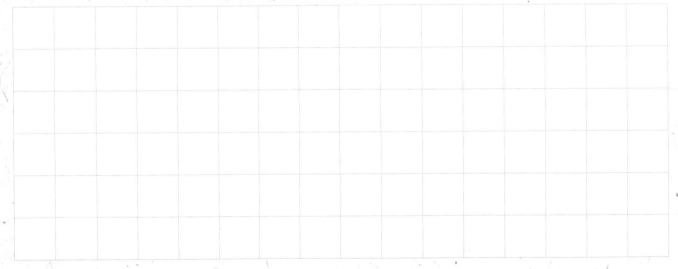

덕으로 행동하는 사람은 언제나 따르는 사람이 있는 법이지요.
그래서 외로울 새가 없답니다.

한자 원문 德不孤 必有隣
덕 불 고   필 유 린

이인편

임금을 섬기면서 번거롭게 자주 간하면 곧 치욕을 당하게 되고,
친구에게 번거롭게 자주 충고하면 곧 멀어지게 된다.

 예문을 따라 한 자 한 자 예쁘게 써 보세요.

 직접 써 보세요.

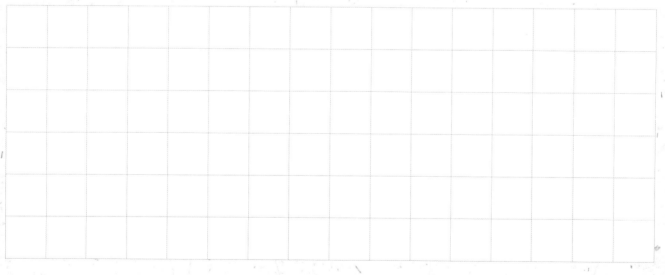

 아무리 칭찬이라도 자주 하면 싫다는 말이 있죠?
이처럼 친구를 위하는 말이라도 너무 자주, 계속하면 친구관계를 지킬 수 없다는 말이에요.

 事君數 斯辱矣 朋友數 斯疏矣
사 군 삭   사 욕 의   붕 우 삭   사 소 의

35

29

하루에 한문장 함께 써 봐요!

월   일

공야장편

몸가짐은 공손하고 윗사람을 섬김에는 공경스러우며
백성을 먹여 살림에는 은혜롭고 백성을 부릴 때는
의리에 맞게 해야 하는 것이 군자의 도이다.

✏️ 예문을 따라 한 자 한 자 예쁘게 써 보세요.

✏️ 직접 써 보세요.

생각해 볼까요? 군자가 되는 것은 참으로 어렵지요?
하지만 포기하지 않고 꾸준히 하는 것이 필요해요.

한자 원문
有君子之道四焉 其行己也恭 其事上也敬 其養民也惠 其使民也義
유 군 자 지 도 사 언   기 행 기 야 공   기 사 상 야 경   기 양 민 야 혜   기 사 민 야 의

36

30

 하루에 한문장 함께 써 봐요!

월   일

옹야편 무언가를 안다는 것은 그것을 좋아하는 것만 못하고 좋아하는 것은 즐기는 것만 못하다.

✏️ 예문을 따라 한 자 한 자 예쁘게 써 보세요.

✏️ 직접 써 보세요.

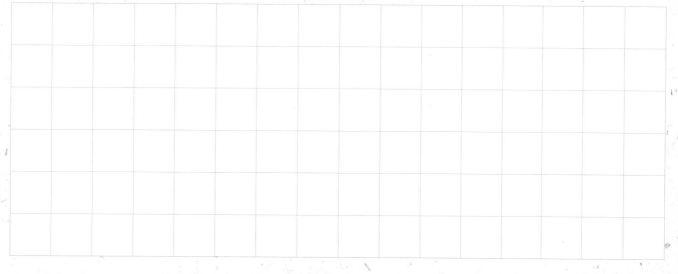

 뭔가를 배울 때 즐기는 마음으로 하는 것이 가장 좋답니다.
그저 마음 편하게 즐기다 보면 어느새 배울 수 있으니까요.

한자 원문 知之者 不如好之者 好之者 不如樂之者
지 지 자 불 여 호 지 자 호 지 자 불 여 락 지 자

37

하루에 한문장 함께 써 봐요!

월 일

옹야편

지혜로운 사람은 물을 좋아하고 어진 사람은 산을 좋아하며
지혜로운 사람은 동적이고 어진 사람은 정적이며
지혜로운 사람은 즐겁게 살고 어진 사람은 오래 산다.

예문을 따라 한 자 한 자 예쁘게 써 보세요.

직접 써 보세요.

여러분이 좋아하는 것은 무엇인가요?
산인가요? 바다인가요?

한자 원문 知者樂水 仁者樂山 知者動 仁者靜 知者樂 仁者壽
지 자 요 수   인 자 요 산   지 자 동   인 자 정   지 자 락   인 자 수

하루에 **한문장** 함께 써 봐요!

옹야편

어진 것은 자신이 서고자 할 때 남부터 서게 하고,
자신이 뜻을 이루고 싶을 때 남부터 뜻을 이루게 해주는 것이다.

 예문을 따라 한 자 한 자 예쁘게 써 보세요.

 직접 써 보세요.

 누구나 앞에 나서고 싶은 마음이 있지요.
하지만 공자님의 말씀처럼 남을 먼저 앞서게 하면 또 다른 깨달음을 느낄 수 있을 거예요.

 夫仁者 己欲立而立人 己欲達而達人
부 인 자   기 욕 립 이 립 인   기 욕 달 이 달 인

33

하루에 한문장 함께 써 봐요!

월 일

술이편

인격을 수양하지 못하는 것, 배운 것을 익히지 못하는 것,
옳은 일을 듣고 실천하지 못하는 것, 잘못을 고치지 못하는 것,
이것이 나의 걱정거리다.

 예문을 따라 한 자 한 자 예쁘게 써 보세요.

✏ 직접 써 보세요.

  공자님도 자신의 부족함에 대해 걱정하고 계셨네요.
이렇게 자신의 부족한 점을 알고 있다는 것은 그만큼 발전할 수 있다는 뜻이에요.

한자 원문 德之不脩　學之不講　聞義不能徙　不善不能改　是吾憂也
덕 지 불 수　학 지 불 강　문 의 불 능 사　불 선 불 능 개　시 오 우 야

40

월 일

34

술이편

거친 밥을 먹고 물을 마시며 팔베개를 하고 누워도 즐거움은 그 가운데 있다. 의롭지 않으면서 부귀를 누리는 것은 나에게 뜬구름과 같다.

✏️ 예문을 따라 한 자 한 자 예쁘게 써 보세요.

거	친		밥	을		먹	고		물	을		마	시	며
팔	베	개	를		하	고		누	워	도		즐	거	움	은
그		가	운	데		있	다		의	롭	지		않	으	면
서		부	귀	를		누	리	는		것	은		나	에	게
뜬	구	름	과		같	다								

✏️ 직접 써 보세요.

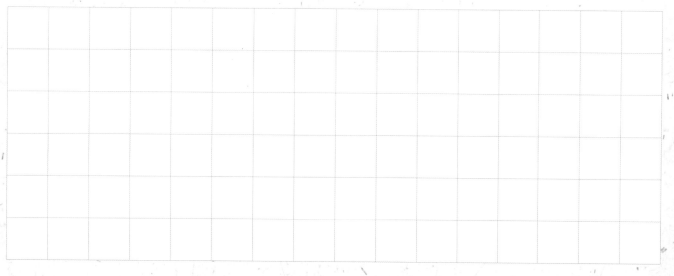

 거친 밥은 쌀밥이 아니라, 잡곡이 너무 많이 들어가서 기름지지 않고, 씹기도 힘든 밥이에요. 공자님은 비록 이런 밥을 먹을지언정 의롭지 않게 사는 것보다는 낫다고 생각했어요.

한자 원문 飯疏食飲水 曲肱而枕之 樂亦在其中矣 不義而富且貴 於我如浮雲
반소사음수 곡굉이침지 낙역재기중의 불의이부차귀 어아여부운

41

 하루에 **한문장** 함께 써 봐요!

월   일

술이편

세 사람이 길을 걸어가면 그 중에는 반드시 나의 스승이
될 만한 사람이 있다. 그들에게서 좋은 점을 배우고
나쁜 점을 보며 나를 바로잡는다.

✏️ 예문을 따라 한 자 한 자 예쁘게 써 보세요.

✏️ 직접 써 보세요.

 여러분은 친구에게서 무얼 배웠나요? 찬찬히 살펴보면 사람은 누구에게나 배울 점이 있답니다.
잘못하는 친구를 보면서 "나는 그러지 말아야지." 하고 생각하는 것도 배우는 것이지요.

한자 원문 三人行 必有我師焉 擇其善者而從之 其不善者而改之
삼 인 행 필 유 아 사 언 택 기 선 자 이 종 지 기 불 선 자 이 개 지

36

하루에 **한문장** 함께 써 봐요!

월   일

술이편

사치스럽게 하다 보면 공손함을 잃게 되고 검소하다 보면
고루하게 되지만 공손함을 잃는 것보다는 차라리 고루한 것이 낫다.

 예문을 따라 한 자 한 자 예쁘게 써 보세요.

사	치	스	럽	게		하	다		보	면		공	손	함
을		잃	게		되	고		검	소	하	다		보	면
고	루	하	게		되	지	만		공	손	함	을		잃
는		것	보	다	는		차	라	리		고	루	한		것 이

 직접 써 보세요.

 고루하다는 것은 새로운 것을 잘 받아들이지 못하고,
낡은 생각에 빠져 있는 것을 말해요.

한자 원문 奢則不孫 儉則固 與其不孫也 寧固
사 즉 불 손   검 즉 고   여 기 불 손 야   영 고

43

하루에 한문장 함께 써 봐요!

술이편   군자는 평온하고 너그럽지만 소인은 늘 근심에 싸여 있다.

✏️ 예문을 따라 한 자 한 자 예쁘게 써 보세요.

✏️ 직접 써 보세요.

생각해 볼까요? 소인은 욕심도 많고, 자신만 생각하기 때문에 늘 이런저런 걱정거리가 많지요.
하지만 군자처럼 자신을 비우면 오히려 마음이 평온해진답니다

한자 원문 君子坦蕩蕩 小人長戚戚
　　　　　　　군 자 탄 탕 탕　　소 인 장 척 척

태백편

공손하나 예의가 없으면 수고롭고 신중하나 예의가 없으면
두려움을 갖게 되며 용감하나 예의가 없으면 질서를 어지럽히게
되고 정직하나 예의가 없으면 박절하게 된다.

✏️ 예문을 따라 한 자 한 자 예쁘게 써 보세요.

✏️ 직접 써 보세요.

박절하다는 것은 인정이 없고 매몰차다는 뜻이에요.
물론 정직한 것은 좋지만 그렇다고 예의가 없으면 안 되겠지요?

한자 원문   恭而無禮則勞 愼而無禮則葸 勇而無禮則亂 直而無禮則絞
공 이 무 례 즉 로   신 이 무 례 즉 사   용 이 무 례 즉 란   직 이 무 례 즉 교

39

하루에 한문장 함께 써 봐요!

태백편 시를 통해 순수한 감정을 불러일으키고 예의를 통해 도리에 맞게 살아갈 수 있게 되며, 음악을 통해 인격을 완성한다.

✏️ 예문을 따라 한 자 한 자 예쁘게 써 보세요.

✏️ 직접 써 보세요.

 감수성을 키우기 위해서는 좋은 시를 읽는 것이 최고예요.
감정, 예의, 음악의 중요성을 말한 구절이에요.

한자 원문 興於詩 立於禮 成於樂
흥 어 시 입 어 례 성 어 악

40

하루에 한문장 함께 써 봐요!

자한편

대군의 장수를 빼앗을 수는 있어도
한 사람의 뜻은 빼앗을 수가 없다.

 예문을 따라 한 자 한 자 예쁘게 써 보세요.

 직접 써 보세요.

 사람에게서 뜻한 바를 빼앗는 것이 큰 군대에서 장수를 죽이는 것보다 어렵다는 뜻이지요.
그만큼 사람이 품은 뜻은 힘이 세답니다.

 三軍可奪帥也 匹夫不可奪志也
삼 군 가 탈 수 야   필 부 불 가 탈 지 야

월   일

자한편

날씨가 추워진 뒤에야 소나무와 잣나무가
시들지 않는다는 것을 알게 된다.

✏️ 예문을 따라 한 자 한 자 예쁘게 써 보세요.

✏️ 직접 써 보세요.

 한겨울에도 소나무와 잣나무는 여전히 푸르지요. 하지만 이것은 겨울이 되어야만 알 수 있어요.
어려운 시절이 닥치고 나면 누가 충성스러운 사람인지 비로소 알게 된다는 거지요.

한자 원문 歲寒然後 知松栢之後彫也
세 한 연 후   지 송 백 지 후 조 야

48

월   일

안연편

정치란 식량을 풍족하게 하는 것, 군비를 넉넉히 하는 것, 백성을 믿도록 하는 것이다. 어쩔 수 없이 한 가지를 버려야 한다면 군대가 먼저이고 그 다음은 식량이다.

 예문을 따라 한 자 한 자 예쁘게 써 보세요.

 직접 써 보세요.

 넉넉하게 사는 것이 아무리 중요하다고 해도 백성으로부터 믿음을 얻는 것에는 미치지 못한다는 말이에요.

한자 원문 足食 足兵 民信之矣 必不得已而去 先去兵 二者去食
족식 족병 민신지의 필부득이이거 선거병 이자거식

49

43

하루에 한문장 함께 써 봐요!

월   일

안연편

임금은 임금답고 신하는 신하다우며
아버지는 아버지답고 아들은 아들다워야 한다.

 예문을 따라 한 자 한 자 예쁘게 써 보세요.

 직접 써 보세요.

 사람에게는 각자의 역할이 있어요.
엄마는 엄마답고, 할아버지는 할아버지답고, 학생은 학생답고, 직장인은 직장인다워야 하지요.

한자 원문 君君 臣臣 父父 子子
           군 군   신 신   부 부   자 자

50

44

하루에 한문장 함께 써 봐요!

안연편 군자는 학문으로 벗을 모으고 벗을 통해서 인의 덕을 수양한다.

✏️ 예문을 따라 한 자 한 자 예쁘게 써 보세요.

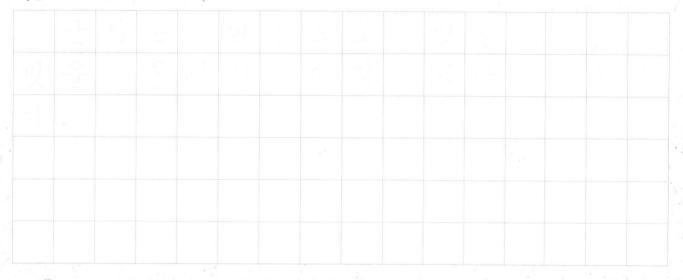

✏️ 직접 써 보세요.

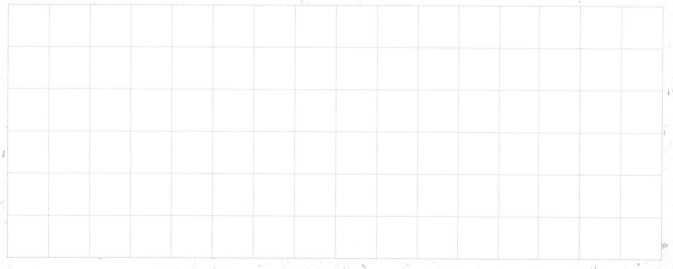

군자는 학문을 통해서 친구를 사귄다는데
여러분은 무엇을 통해 친구를 사귀나요?

한자 원문
君子以文會友 以友輔仁
군 자 이 문 회 우   이 우 보 인

하루에 **한문장** 함께 써 봐요!

자로편

자기 자신이 올바르면 백성은 명령을 내리지 않아도
스스로 행하고, 자기 자신이 올바르지 않으면
백성은 명령을 내려도 따르지 않는다.

✏️ 예문을 따라 한 자 한 자 예쁘게 써 보세요.

✏️ 직접 써 보세요.

생각해 볼까요?

가장 좋은 것은 누가 시키지 않아도 알아서 하는 거예요.
공부나 남을 돕는 것, 착한 생각 등 모두 마찬가지지요. 이것을 자율이라고 한답니다.

한자 원문 其身正 不令而行 其身不正 雖令不從
기 신 정   불 령 이 행   기 신 부 정   수 령 부 종

자로편

군자는 사람들과 화합하지만 부화뇌동하지는 않고,
소인은 부화뇌동하지만 사람들과 화합하지는 못한다.

✏️ 예문을 따라 한 자 한 자 예쁘게 써 보세요.

✏️ 직접 써 보세요.

생각해 볼까요? 부화뇌동이란 아무 생각 없이 남을 따라 이리저리 움직이는 것을 말해요.
화합과 부화뇌동은 이렇게 다르답니다.

한자 원문 君子和而不同　小人同而不和
군자화이부동　소인동이불화

47 하루에  한문장 함께 써 봐요!

월 일

자로편

군자는 섬기기는 쉬워도 기쁘게 하기는 어렵다.
군자를 기쁘게 하려면 올바른 도리로써 해야 하기 때문이다.
그러나 소인은 섬기기는 어려워도 기쁘게 하기는 쉽다.

✏️ 예문을 따라 한 자 한 자 예쁘게 써 보세요.

✏️ 직접 써 보세요.

군자의 마음을 참으로 기쁘게 하는 것은 정말 쉬운 일이 아니지요?
괜히 아부를 한다거나 마음에도 없는 말로 비위를 맞추는 정도로는 어림도 없겠어요.

한자 원문 君子易事而難說也　說之不以道　不說也　小人難事而易說也
군 자 이 사 이 난 열 야　열 지 불 이 도　불 열 야　소 인 난 사 이 이 열 야

54

48

자로편   군자는 느긋하되 교만하지 않고,
소인은 교만하되 느긋하지 않다.

 예문을 따라 한 자 한 자 예쁘게 써 보세요.

 직접 써 보세요.

  교만은 잘난 척하며 건방지게 행동하는 태도예요. 자신과 남을 돌아볼 수 있는
여유를 가지고 있는 군자는 언제나 느긋하지만 절대 교만하지는 않답니다.

한자 원문   君子泰而不驕 小人驕而不泰
군 자 태 이 불 교   소 인 교 이 불 태

49

하루에 한문장 함께 써 봐요!

월   일

자로편 서로 진심으로 격려하며 노력하고 화합하며 즐겁게 지내면 선비라고 할 수 있다. 벗과는 서로 진심으로 격려하며 노력하고, 형제와는 잘 화합하며 즐겁게 지내야 한다.

✏️ 예문을 따라 한 자 한 자 예쁘게 써 보세요.

✏️ 직접 써 보세요.

 여러분도 이 말을 잊지 않고 친구들이나 형제자매와 사이좋게 지내세요.
서로 힘을 북돋아 줄 수 있는 사람이 있는 건 참 좋은 일이지요?

한자 원문 切切偲偲 怡怡如也 可謂士矣 朋友切切偲偲 兄弟怡怡
절 절 시 시   이 이 여 야   가 위 사 의   붕 우 절 절 시 시   형 제 이 이

56

50

월 일

헌문편

덕 있는 사람은 바른말을 하지만 바른말을 한다고 반드시 덕이 있는 것은 아니다. 어진 사람은 반드시 용기를 가지고 있지만 용감하다고 반드시 어진 것은 아니다.

 예문을 따라 한 자 한 자 예쁘게 써 보세요.

덕		있	는		사	람	은		바	른	말	을		하
지	만		바	른	말	을		한	다	고		반	드	시
덕	이		있	는		것	은		아	니	다		어	진
사	람	은		반	드	시		용	기	를		가	지	고
있	지	만		용	감	하	다	고		반	드	시		어
진		것	은		아	니	다							

 직접 써 보세요.

생각해 볼까요? 천천히 읽으면 공자님이 말하고자 하는 뜻을 잘 새길 수 있어요.
시간 날 때마다 천천히 읽어 보세요.

한자 원문 有德者必有言 有言者不必有德 仁者必有勇 勇者不必有仁
유덕자필유언 유언자불필유덕 인자필유용 용자불필유인

하루에 한문장 함께 써 봐요!

헌문편

군자로서 어질지 못한 사람은 있지만
소인으로서 어진 사람은 없다.

✏️ 예문을 따라 한 자 한 자 예쁘게 써 보세요.

✏️ 직접 써 보세요.

생각해 볼까요?

어질기가 얼마나 어려운지를 알려주는 말이에요.
여러분도 생활할 때 어진 마음을 가지도록 꾸준히 노력해 보세요.

한자 원문
君子而不仁者有矣夫　未有小人而仁者也
군 자 이 불 인 자 유 의 부　미 유 소 인 이 인 자 야

하루에 한문장 함께 써 봐요!

헌문편

가난하면서 원망하지 않는 것은 어렵지만
부자이면서 교만하지 않는 것은 쉽다.

 예문을 따라 한 자 한 자 예쁘게 써 보세요.

 직접 써 보세요.

 부유한 사람은 그만큼 좋은 환경에 있기 때문에
가난한 사람보다는 자신의 마음을 더욱 단정히 해야 한다는 뜻이에요.

 한자 원문   貧而無怨難 富而無驕易
빈 이 무 원 난   부 이 무 교 이

53

하루에  한문장 함께 써 봐요!

헌문편 인자한 사람은 근심하지 않고 지혜로운 사람은
미혹되지 않고 용감한 사람은 두려워하지 않는다.

✏️ 예문을 따라 한 자 한 자 예쁘게 써 보세요.

✏️ 직접 써 보세요.

 미혹이란 마음이 흐트러질 정도로 무엇에 홀리는 것을 말해요.
여러분은 어떤 사람이 되고 싶은가요?

한자 원문 仁者不憂 知者不惑 勇者不懼
인 자 불 우   지 자 불 혹   용 자 불 구

54

하루에 한문장 함께 써 봐요!

헌문편

남이 나를 알아주지 않음을 걱정하지 말고
자신의 능력이 없음을 걱정하라.

 예문을 따라 한 자 한 자 예쁘게 써 보세요.

직접 써 보세요.

남을 탓하지 말고 자신을 먼저 돌아보라함 뜻이지요.
여러분도 남이 자신을 알아주기 전에 능력을 먼저 쌓도록 하세요.

한자 원문 **不患人之不己知 患己不能也**
불 환 인 지 불 기 지   환 기 불 능 야

55

월   일

헌문편

현명한 사람은 도가 행해지지 않는 세상을 피하고,
그다음은 어지러운 지역을 피하고, 그다음은 무례한 사람을
피하고 그다음은 그릇된 말을 하는 사람을 피한다.

✏️ 예문을 따라 한 자 한 자 예쁘게 써 보세요.

✏️ 직접 써 보세요.

'까마귀 노는 곳에 백로야 가지 마라.'는 말이 있지요?
현명한 사람이라면 만나는 사람과 장소를 가려야 한다는 뜻이에요.

 賢者避世 其次避地 其次避色 其次避言
현 자 피 세   기 차 피 지   기 차 피 색   기 차 피 언

월   일

위령공편 사람이 멀리 내다보며 깊이 생각하지 않으면
반드시 머지않아 근심이 있게 된다.

✏️ 예문을 따라 한 자 한 자 예쁘게 써 보세요.

✏️ 직접 써 보세요.

깊이 생각하는 것이야말로 훌륭한 사람이 되는 첫걸음이에요.
눈앞의 일만 보지 말고 더 멀리 내다보도록 노력해 보세요.

🌸 **한자 원문** 人無遠慮 必有近憂
인 무 원 려   필 유 근 우

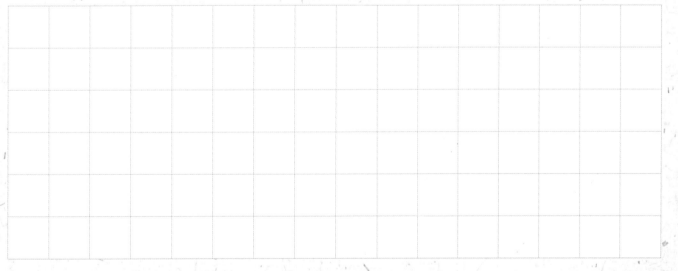

63

57 하루에 한문장 함께 써 봐요!

월   일

위령공편 군자는 일의 원인을 자기에게서 찾고
소인은 남에게서 일의 원인을 찾는다.

✏️ 예문을 따라 한 자 한 자 예쁘게 써 보세요.

✏️ 직접 써 보세요.

한마디로 남의 탓을 하는 것은 소인이나 할 일이라는 말이에요.
잘못된 일이 생기면 먼저 자기 자신을 되돌아 보세요.

한자 원문 君子求諸己　小人求諸人
군 자 구 저 기　소 인 구 저 인

계씨편

정직한 사람을 친구로 삼고, 신의가 있는 사람을 친구로 삼고,
견문이 넓은 사람을 친구로 삼으면 유익하다.

 예문을 따라 한 자 한 자 예쁘게 써 보세요.

 직접 써 보세요.

 여러분의 친구는 유익한 벗인가요? 해로운 벗인가요?
여러분 스스로도 친구에게 유익한 벗이 되어 주세요.

 友直 友諒 友多聞 益矣
우 직 우 량 우 다 문 익 의

계씨편

태어나면서부터 아는 사람은 최상이고, 배워서 아는 사람은 그다음이며 곤란한 지경에서야 배우는 사람은 그다음이고, 곤란한 지경에서도 배우지 않는 사람은 최하이다.

 예문을 따라 한 자 한 자 예쁘게 써 보세요.

직접 써 보세요.

 날 때부터 알지는 못하더라도
꾸준히 공부하고 배워 가려는 마음이 중요하지요.

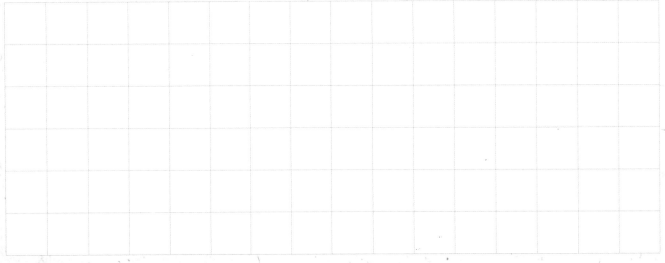

한자 원문 生而知之者 上也 學而知之者 次也 困而學之 又其次也 困而不學 民斯爲下矣
생이지지자 상야 학이지지자 차야 곤이학지 우기차야 곤이불학 민사위하위

양화편
타고난 본성은 서로 비슷하지만
습성에 따라 서로 멀어지게 된다.

 예문을 따라 한 자 한 자 예쁘게 써 보세요.

타	고	난		본	성	은		서	로		비	슷	하	지
만		습	성	에		따	라		서	로		멀	어	지	게
된	다													

 직접 써 보세요.

 사람의 본성은 큰 차이가 없지만
어떻게 공부를 하느냐에 따라 차이가 생긴다는 거예요.

한자 원문 性相近也 習相遠也
성 상 근 야　 습 상 원 야

61

하루에 **한문장** 함께 써 봐요!

자장편

군자에게는 세 가지 변화가 있다.
그를 멀리서 바라보면 위엄이 있고, 가까이서 보면 온화하며,
그의 말을 들어 보면 옳고 그름이 분명하다.

✏️ 예문을 따라 한 자 한 자 예쁘게 써 보세요.

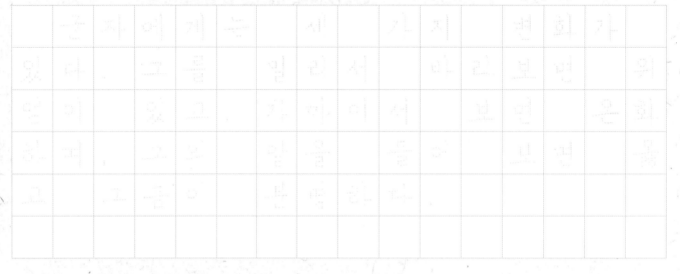

✏️ 직접 써 보세요.

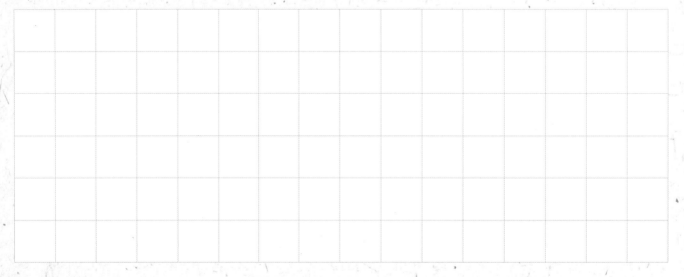

생각해 볼까요? 군자라고 하면 위엄이 있는 겉모습만 생각날 수도 있지만
사실은 따뜻한 마음을 가진 사람이야말로 진짜 군자라 할 수 있지요.

한자 원문 君子有三變 望之儼然 卽之也溫 聽其言也厲
군 자 유 삼 변   망 지 엄 연   즉 지 야 온   청 기 언 야 려

자장편

군자의 잘못은 일식이나 월식과 같다.
잘못을 하면 사람들이 모두 그를 바라보고,
잘못을 고치면 사람들이 모두 그를 우러러본다.

 예문을 따라 한 자 한 자 예쁘게 써 보세요.

	자	의		잘	못	은		일	식	이	나		월
식	과		같	다		잘	못	을		하	면		
람	들	이		모	두		그	를		바	라	보	고
잘	못	을		고	치	면		사	람	들	이		모
두		그	를		우	러	러	본	다				

 직접 써 보세요.

 일식이나 월식을 본 적이 있나요?
일식이나 월식이 일어나면 사람들은 모두 그것을 바라보지요.

 君子之過也 如日月之食焉 過也 人皆見之 更也 人皆仰之
군 자 지 과 야　여 일 월 지 식 언　과 야　인 개 견 지　경 야　인 개 앙 지

69

월   일

하루에 **한문장** 함께 써 봐요!

요왈편

너그러우면 많은 사람들을 얻고,
믿음이 있으면 백성이 그를 믿게 되고,
민첩하여 충실하면 공을 세울 것이며, 공평하면 모두가 기뻐한다.

✏️ 예문을 따라 한 자 한 자 예쁘게 써 보세요.

✏️ 직접 써 보세요.

나라를 다스리는 사람의 자세에 대해 설명한 말이에요.
여러분도 공자님의 말을 읽고 자라면 훌륭한 지도자가 될 수 있을 거예요.

한자 원문 寬則得衆 信則民任焉 敏則有功 公則說
관 즉 득 중 신 즉 민 임 언 민 즉 유 공 공 즉 열

70

월   일

요왈편 천명을 알지 못하면 군자가 될 수 없고 예를 알지 못하면
세상에 당당히 나설 수 없으며 말하는 법을 알지 못하면
사람의 진면목을 알 수가 없다.

✎ 예문을 따라 한 자 한 자 예쁘게 써 보세요.

✎ 직접 써 보세요.

 천명은 하늘의 명령이에요. 군자는 천명을 알고 이에 따라 살고 있기 때문에
겸손하고 정성스러운 삶을 살 수 있는 것이지요.

한자 원문 不知命 無以爲君子也　不知禮 無以立也　不知言 無以知人也
부지명　무이위군자야　　부지례　무이입야　　부지언　무이지인야

● HRS 학습센터는 어린이가 손으로(HAND), 반복해서(REPEAT), 스스로(SELF) 하는
   학습법을 계발하고 연구하기 위해 모인 출판기획모임입니다.

● 이 책에 나오는 《논어》의 글귀는 원문의 참뜻을 잘 이해할 수 있도록
   초등학생의 눈높이에 맞게 적절히 손보았음을 밝혀 둡니다.

어린이를 위한
논어 따라쓰기

기획·엮음 HRS 학습센터
1판 1쇄 발행 2012년 4월 2일
1판 14쇄 발행 2022년 10월 4일
발행처 루돌프
발행인 신은영
등록번호 제2012-000136호
등록일자 2008년 5월 19일
주소 경기도 고양시 일산동구 위시티1로7, 507-303
전화 (070)8224-5900 팩스 (031)8010-10666
저작권자 ⓒ 2012 HRS 학습센터

값은 표지에 있습니다.
ISBN 978-89-962766-5-4 63710
블로그 blog.naver.com/coolsey2
포스트 post.naver.com/coolsey2
이메일 coolsey2@naver.com
루돌프는 옥당북스의 아동출판브랜드입니다.